KB168615

감사하고 싶은 날

황금알 시인선 220

감사하고 싶은 날

초판발행일 | 2020년 10월 31일

지은이 | 이창하
펴낸곳 | 도서출판 황금알
펴낸이 | 金永馥
선정위원 | 김영승 · 마종기 · 유안진 · 이수익
주간 | 김영탁
편집실장 | 조경숙
표지디자인 | 칼라박스
주소 | 03088 서울시 종로구 이화장2길 29-3, 104호(동숭동)
전화 | 02)2275-9171
팩스 | 02)2275-9172
이메일 | tibet21@hanmail.net
홈페이지 | http://goldegg21.com
출판등록 | 2003년 03월 26일(제300-2003-230호)

©2020 이창하 & Gold Egg Publishing Company Printed in Korea
값은 뒤표지에 있습니다.
ISBN 979-11-89205-81-2-03810

감사하고 싶은 날

이창하 시집

황금알

아버지의 말이 그냥 싫었던
내 스무 시절이 기억났다.
쉰이 넘어선 지금 스무 시절인 아들에게
아버지처럼 말하고 있는 나를 발견하고
소스라친다.

이 책을
부모님 전에 받친다.

2020년 가을

상춘당에서

차 례

1부 소크라테스의 마누라

3부 아버지의 문을 생각하다

4부 로드 킬road kill

1부

소크라테스의 마누라

황사

택시가 대형 트럭을 들이받아 운전사와
승객이 중상을 입었다

병원은 천식 환자들로 북새통을 이루었고
환자들은
주차난으로 고통을 받고 있었다

마스크 공장에서는 연일 철야 작업이 계속되었고
노동자의 마누라는 희색이 만연하였다

연일 물을 들이켜던
환자와 노동자들은 긴 가뭄 끝에
단비를 기다리는 마음으로 간절히 기도했다
하느님 저희를 버리시나이까

어느 자연주의자가 말했다
정녕 나무를 심을 수는 없는 것일까
3월에 이렇게 흐린 날씨가 지속하기는
백 년 만에 처음일 거야

그는 하느님처럼 사투리로 중얼거렸다

터널을 지나면서

벌이라 여겼던 그가 생각났다
항상 혓바닥에는 끈적이는 하얀 아밀라아제가 묻어 있
거나
붕붕거렸다

'아니 그게 아니라'
'그 얘기가 아니라니까'
'그건 이런 거라니까'

때때로
허공으로 날아오는 메신저를 심하게 거부하며 그만의
수신 불명의 정보를 발송하였다

한 때
그는 벌과 같은 종족인 것으로 생각했으나
실은 그와 형제였다고 한다
붕붕거리는 그의 날갯짓 소리는
모두의 달팽이관을 심하게 진동시켰다

어느 날
일방적으로 속보를 전하는 아나운서의 흥분한 입에서
끈적이는 수액이 흘러나오는 것을 본 적이 있다
그도 벌의 종족이었다는 것을 나중에야 알게 되었다
마침
나는 터널을 통과하고 있었는데
갑자기
윙윙거리는 라디오 소음 때문에 그의 말을 알아들을
수가 없었다.
순간적으로
벌떼들이 터널을 지나가고 있음을 직감할 수 있었다

여전히
그는 육각형의 입을 오물거리며
밀랍으로 그의 집을 만들고 있었을까

어느 날 아들을 보다

누군가 내 잠자리를 범했다
놀란 의식이 들개처럼 휘둥그레졌고
아내는 20대의 나와 함께
빙긋했다

아버지의 숙원이 구겨져 있던 이유를 알 수 없었던
오래전처럼
아내를 탐하는 청년으로부터
세파에 시달리기 전의 나를 보았다

구름을 갈구하다 바람에 추해진 현실과
허름해진 욕심은
아버지의 희망처럼 웅크리고 있었고
무릎에서는
많은 잔여물이 쌓여있었다

지금
수없이 깔려있던 오래된 기억들이 익숙하게
지나가고 있다

아버지가 그랬던 것처럼
피둥피둥 살찐 희망들로 어깨를 눌러 준 것이 아들에게
미안한데
빙긋 웃고 있다
모든 것들이 고마운 저녁이다

영혼이 수척해지는 날

세상의 바람에 닳아버린
머리카락에서 백색 어둠이 번졌다

초점을 잃어가는 눈동자 속으로
빛바랜 기억들은 여러 겹의 프레임frame이 되어
돌아갔다

기억을 더듬는다는 것은
그리움을 긁어간다는 소리
흐릿하게 잊어가는 것들을
스케치한다는 것은
눈동자에 고인 눈물 같은 어머니나
늙은 아버지의 마른기침처럼
약해진 괄약근 사이로 오래된 그리움이 누수되고 있다
는 것

컬러판처럼 선명했던 것들이
흑백 사진처럼 탈색된 기억으로 변해버린 것들을
발굴해 내던 어느 날
누군가의 영혼은 더욱 수척해 지고 있다

깨진 거울

거울이 세포분열을 했다
나는 다양한 나를 세포분열 시키고 있다
평소와 다른 나를 발견한 나는
사나운 표정으로
원숭이처럼 장난을 쳤다

거울 속에 잠긴 나는
밖을 내다보았다
태양도 세포분열 하는 중이었고
세상
모든 것들도 온통 세포분열 중이다

우리는
세포분열을 상속받았나 보다

월인천강지곡月印千江之曲

물수제비를 타네

타타타타타

코를 골던
강물이 얼떨결에 눈을 껌벅거렸고
깊이 잠들었던
붕어들도 입을 오물거리며
돛배처럼 떠다니네
노를 저을 때마다
조각난 달빛들은
강으로 떨어져 반짝거리고

늦은 밤 강어귀
어느 집에서 부부싸움이 시작되었나
물결 따라 쟁반 깨지는 소리 요란하네
그럴 때면
오래도록 여기저기 흩어져있던
달님은

쨍그랑 쨍그랑거리며
하구를 향하여 흘러가네

그림자에 대하여

한 번도 너란 존재에 대해서 심각하게 생각해 본 적이
없었네
사실
나의 일부랄 수도 있는데
나라고 생각해 본 적이 전혀 없었다는 모순

나를 따라
끝없이 반복을 생산하는 너의 역할
까마득히 잊고 있었던 습관 속에 숨은 나

기쁨을 함께 나누었을지언정
함께 눈물을 흘린 기억은 없네
하지만
한 번도 내 곁에서 보내거나 떠난 적이 없는

나의 그대의 나

감을 따면서

감나무 아래에서 감을 따고 있었다
감을 따는 순간 하늘이 흔들렸다
아니
내가 흔들리고 있었다
덩달아
감은 커졌다 작아지기를 반복했다

하늘에 붉은 해가 떴다
해가 해를 낳았다
두 개, 네 개, 여덟 개…,
해가 생식 기능을 작동하나 보다
나무에 크고 작은 해들이 주렁주렁 열렸다

상처 난 해가 나무에 매달려있다
오랫동안 앉아있던 까마귀가 날아갔다
상처 난 해에서
붉은 피가 흐르다 앉은 피딱지 흔적이 보였다
늦가을
해는 자신의 역할을 잘하고 있는 것 같다

음력 구월 열사흘 밤

사과를 깎고 배를 깎았네
어머니의 젖꼭지 같은 밤도 나왔네

가쁜 숨소리…,
어머니는 평생을 문풍지처럼 들숨 날숨 하시다
하늘로 향하셨네

지금
어머니가 오시는지
바람이 거친 숨소리를 내며 문풍지를 흔드네

거친 고목의 무게로 살아오신 어머니의 삶이
겹겹이 주름이 되었던 날들
오래된
어머니의 체취는 곳곳에 잠복해 있었네

저기 흰 구름을 타고 누군가가 오시네
삼백육십오일 막다른 기다림
막걸리 한 잔으로 여독을 풀며 환하게 웃으시는

묵직한 가슴 속에
오랫동안 저장되었던 기억을 마구 뿌려보고 싶네
그리하여
구월 열사흘 저녁처럼 오랫동안 어둠을
밝혀 볼까 하네

저기
정토 구름을 타고 오시는 깃털 같은 발걸음
어머니
구름이 되어 오시네

아리

어느 날엔가
까무잡잡한 강아지 한 마리가 집으로 왔다
아무도 돌봐주는 이 없는 강아지에게
'아리'라고 불러 보았다

덥수룩한 털 사이 검은 단추 두 개가 반짝거리더니
봄바람에 개울가 버들가지가 흔들리듯
곧바로
강아지 뒤쪽에서 작은 버드나무 가지가 흔들렸다

어느 날 동틀 무렵
검고 작은 강아지 인형이 이불에서 나왔는데
까만 털과 새카만 눈을 가진 녀석은
그로부터
알람시계 흉내를 내면서 새벽을 흔들었다
때때로
마당에서 먹이를 쪼던 새들은 깃털을 떨어뜨리면서 바
람을 몰았고
그럴 때면

맑은 새벽 공기를 선물로 받았다

아리는
작은 버들가지로 매일 새벽바람을 흔들었고
가끔
'아리'라고 하면
두 개의 까만 단추를 반짝거렸다

소크라테스의 마누라

늦은 퇴근길
붉은 깃털의 여우 한 마리
앞치마를 두른 채 쿵쿵거리네

내 귀는 아직도 웅얼거리는데
지난 기억을 은폐하고자
알리바이를 구성하는 내가 미심쩍었는지
빳빳하게 귀를 세운 여우는
끝없는 심문과 사설을 펼치네

나는 염소처럼 웃었고
그녀는
걸쭉한 건더기가 있는 육담肉談과 함께
자꾸만
의심의 눈길을 보내네

오랜 천둥이 울렸으니
곧 크산티페의 소나기도 내리겠네

아라홍련*

한 여인이 수렁 속에서 걸어 나왔네
세상의 티끌을 모두 쓸어내고
천년의 시공에 갇힌 채 진골眞骨의 DNA를 간직하다
한여름 날의 난생설화를 이고
순간 이동해 왔네

먼지 쌓인 영사기에 숨어있던 신화처럼
소녀 같은 늙은 씨앗 주머니는 긴 세월 동안
부화를 꿈꾸며 면벽으로
묵언 수행하다가
붉은 처녀가 되었네

지금은
멀리 세속에서 떨어진 이곳에서 은밀하게
고대의 문을 열어두고
속살을 보여주는데…,

그대는
분명, 지귀志鬼가 가슴앓이한 눈부신 여왕의 후손일 거다

* 2009년 4월 함안의 어느 펄 속에서 고려 시대의 연꽃 씨앗이 발견되어 재
  배에 성공했는데 아라홍련이라 이름했다.

29

무소유

게으른 하루가 하품을 하면서
나는
앙상한 한겨울을 읽고 있네

진작부터 영혼이 이탈한 나뭇가지와
핼쑥하게 가벼워진 늙은 잔디처럼
가장 단순한 자세로 앉아
가장
오래된 생각들을 낙엽처럼 흘려보내고 있네
가질 것이라고는 하나 없는,
어느 날
손에는 바람만 잔뜩 묻어 있었고
마당 가에선
구부정한 나무들이 현악기 소리를 내고 있었네

태양을 매단 감나무

태양을 빨아먹던 감나무가
금붕어 비늘처럼 벗어가고 있었다

비늘들의 고향은 나뭇가지
매달린 비늘들 사이로 듬성듬성해진
나무는
짐승처럼 털갈이를 하는 셈이다

바람이 불 때마다 측은해지는 마음
이따금
붉은 알은 주렁주렁해진 나뭇가지 사이로
태양처럼 작열하고
우리들의 가을은 무르익어 간다

우리는 곧
달콤한 저 붉은 태양을 삼킬 수 있을 것이다

여의도님께

그리하여
오랫동안 봉인되었던 봄은 아직도
통나무 속에서 약한 심장만 박동시키고
있는데

여기저기서 솟아내는 언어들은 난무하며
벌거숭이임금님처럼
맹목적이거나
서로의 눈만 찌르는 당신들은
자격 미달의 의사 차림으로
아무렇게나 메스질을 하거나,
밤새 발정으로 앓는 소리를 내던 고양이처럼
소화불량의 언어를 배설해내는 지금
새로울 것이라고는 하나도 없어요

오랫동안
부식된 고목처럼 깊이 잠에 빠진 것쯤은
놀란 일이 될 수 없어요

유예된 봄을 대신하여
순례자 차림의 달님만 인자하게 희미한
애정을 보내고 있었고
긴 여행에 지친 마른 풀잎들은 여전히 바람에 흔들릴 뿐
기다리던
꽃 편지 소식은 여전히 없어요

돌나물꽃

지상으로 내려온 별이 중심을 잃고 누워있다
붉은 피가 흘러내릴 듯 날을 세우며 금빛
현기증을 일으킨다

매일 밤
하늘 높이 솟아 사력을 다해
몸을 사르다가
낮이면 한적한 길가에서 깊은 잠에 빠지게 되는데

꿈속에서조차 까칠한 자태로
도도히 눈부신 꿈을
꾼다

2부

젊은 베르테르의 안개

매화가 지던 날

이따금
바람이 새파랗게 하늘을 출산하자
흰 구름은 잘도 흘러가네

내가
눈부시게 화려한 당신의 짧은 생애를 읽는 동안
당신의
이른 봄은 흔들리고 있네

초경,
첫사랑,
첫 경험,
'첫'을 연출해내던 계절
이놈의 가슴이 이유 없이 욱신거리네

나뭇가지 사이로
때아닌 눈송이라도 날리게 되면
당신의 밤은
더욱 황홀하게 되겠지만

먼 훗날이면
지금의 이 지독한 나의 그리움도
철지난 유행가처럼
당신을 잊을 수 있을까

소곤거리는

죽음을 긴 잠으로 생각했던 시절
친구가 깊은 잠에 빠지면 함께 잠들어 주기도 했던 시
절,
부부가 함께 잠들면
무덤과 무덤 사이에 연결 통로를 만들어 주기도 했던
시절
오붓하게 함께 하기를 바라던 순박함을
만들어 주었지,

순간적으로 새가 되었던가 싶다가도
비닐 조각처럼
영혼만 구름이 되어 높이 날아가는 것과는
차원이 다른,
아직도 그들은 통로로 서로 통하고 있으리라

내 부모님께서는 오동나무 판자를 사이에 두고 나란히
누워 계신다
보름달이 뜰 때마다
가끔 오동나무를 두드리시는 아버지에게

'피곤하실 텐데, 그만 주무시구랴.'는 어머니의 말투가
들려왔다

밤새
통로 사이로 소곤거리시는 온기가
끓어오르는 풀벌레 소리에 묻혀가는 밤
풀벌레의 울음인가 싶은
풀잎이 바람에 흔들리는 소린가 싶은
소곤거림
별들이 다이아몬드 가루를 뿌리다 지칠 때까지
밤새 들리는,

버섯 목을 보면서

어느 날 함께 출발하여
우리는
정형화된 탄생을 꿈꾸고자
곰보를 사랑하게 되었네

숙주를 위해 한동안 잠복이 필요한 시간
모두
숨죽이며 복지부동을 해 볼 필요가 있다

탄생의 미덕은
산통이 길수록 더욱 아름답고 거룩해지는 것
시간이 낡아지고 허물어져 갈 때마다
더욱 분명해지는 숙주의 운명

누군가의 마지막 숨을 몰아쉴 때가
되어서야
비로소 당신의 탄생을 친견할 수 있는 것

저기 외진 곳

오래된 비석이 숨죽인 채 시간을
잉태하고 있다

별 1

호수에서
야생 수달이 새끼들을 거느리고
무리를 지어 유영하였다
그런 날이면
별들은 물고기 비늘처럼 반짝거렸는데
그때마다 물결은 물결대로
세포분열을 일으키며 어둠을 쪼개고 있었다

어린 소녀들이 처녀가 되는 동안
호수에서는
수만 번의 수달들이 반짝거렸고
꽃 뿔과 꽃 뿔 사이로
새끼들이 태어나고 성장하기를 반복했다

그동안
봄과 여름과 가을과
겨울은 몇 번이나 지났는지 모른다
그리고
젖과 꿀이 흐르는

호수에서 몇 번이나 물결 사이로 촘촘히 박혀있어서
저렇듯 반짝거렸는지…,

오늘 밤처럼
수달들이 유영하는 동안
별들은 끝없이 복제를 반복하였고
나는
어둠처럼 복제물을 훔쳐보고 있다

말 울음소리가 걸려 있는 벽

오랫동안 멈춰버렸네,
몽골고원으로 달리던 흑마와 백마가
벽에 걸린 지 수년이 흘렸네

힘찬 근육질의 흑마는 훌륭한 말이었고
푸른 야성을 마음껏 음미했었지
겹겹이 쌓인 기억들은 점점 수척해가지만
말을 보는 순간
전모를 잊었던 흔적들이 싹트기 시작하네

'바애라'는 친절한 가이드였으며
훌륭한 기수騎手였네
사촌 여동생이라고 해도 믿을 것 같았던 생김새나
한국말로 수다를 떨던 그녀는
황량한 초원을 뒤로 한 채
지금은
조용히 검은 말과 함께 벽에 걸려 있네

겨울밤이 하얗게 닳아가는 어둠 사이로

요란한 울음소리가
들리면서
바애라가 말처럼 웃으며 서 있네

연산홍

천 개의 눈을 뜨네
천 개의 입이 열리네
천 개의 몸이 곳곳에서 기지개를 켜네

골목길을 돌아서면
소나기처럼 흩어지는 장미 덩굴 위 햇살 곁으로
천마리의 새들이
천 번의 사랑을 하네

오랫동안 비에 젖은
머릿결과
젖은 등짝과
젖은 우산을 말리는 동안
잔디밭에선 간밤에 흘린 눈물 자국들이
구슬처럼 지워져 가고

그대는
천 개의 눈과
천 개의 붉은 입술을 벌리며
붉은 여우처럼 사랑을 들이키고 있네

거미의 일기

오랫동안 명상에 잠겨있다.
일용의 양식을 기다리는 것이 아니라 생을
이어가는 경건한 의식

촘촘한 레이더에 집중하는 강태공의 본능과
실없이 지나가는 구름이 유일한 미끼
삶은 언제나 오랜 인내심과
기다림의 도리를 깨우치게 하는 철학

한 놈 걸리면
명주실로 정중히 장례를 치러주지
그건
희생자에 대한 마지막 예우

바람에 중심을 잃은 꽃들의 잘못은
이유가 될 순 없지
불륜처럼 아름다운 식감을
음미하기 위해 최선을 다한 것일 뿐

이방인을 만나서 더욱더 반가운 어느 날

시월의 강가에서

서로가 인정해주지 못하던 계절
각자의 색상이라는 형식들이
끝내 밝히지 못한 오해들로 가파른 비탈길을 벗어나
절정을 향하고 있네

저기 고단한 삶이 밤처럼 걷고 있네
한 때,
강렬한 햇살처럼 건조해진 길을 따라
함께 여행을 떠나기도 했지만
마침내
숙명처럼 각자의 길을 맞이하게 된
당신과 나

따지고 보면
작은 앙금들이 오해를 만들었고
탈색된 오해들이 돌연변이가 되어 모두의
가슴을 아프게 했네

시월의 강가에서는

형식 따위는 고집해서는 안 될 것이네
때가 되면 모두가 같은 형식에서 다음을
준비해야 하는 것
무표정한 저 강물마저도
오랜 사유思惟가 되어
저렇게 두리뭉실하게 흘러가고 있는데,

이른 아침과 소나무와의 관계

소나무가 파도를 일으키네
새벽과 아침의 경계점에서 세상의 바다가 되어
파도를 일으키네

연일 태양이 작열한다는 먼 섬나라의 푸른 바다처럼
새들은 자맥질하고
산과 나무와 꽃들이 데칼코마니가 된
하늘과 바다가 분리되기 이전부터 만들어진
기억처럼 눈부신,

또 생각이 나네
언젠가
빈Vienna의 낯선 거리에서 만났던 오래전 이방인의
출렁거렸던 머릿결이

마당 언저리 소나무 끝자락으로
새삼스럽지 않게 파도를 일으키는 것을 바라보면
잎새에 반짝이는 물결 사이로
고래 한 마리 나를 바라보고 있을지도 모를 일이네

저기
아침 해가 떠오를 때를 놓치지 않고
소나무 가지가 파도를 치네

젊은 베르테르의 안개

갑자기 추워졌다
산과 강도 추워하는 것 같다
시린 입김이 수묵화를 그렸다
흐린 입김 너머로 검수룩한 산등성이들

언제 도착했는지
갑자기 나타난 연착 열차가 뱀처럼 성을 쌓았다
급정거하는 승용차는 외마디 비명을 질렀고
운명의 타이어는
짙고 두툼한 선을 그었다

수묵화에 동조하는 사람과
조연의 역할을 마치고 떠나는 사람들이
점차 희미해져 갔다
산과 강은 여전히 흐린 눈으로 세상을 살폈고
근처에 있던 고뇌에 찬 은행잎은 자꾸만 비듬을 흘렸다
나도 조연이 되어 주머니에 손을 찌른 채
돌아섰다

그동안
평생의 부끄러움은 자꾸만 나를 따라다녔고
오래전부터 추웠다

넝쿨이 자라다

무궁화꽃이 피었습니다.
살금살금 당신 곁으로 진격해가요
아무도 눈치챌 수 없는 발걸음
며칠이 지나면
당신과의 거리는 부쩍 줄어들 수 있어요
술래가 눈치챌 수 없는
숨은 발걸음
어느 틈에 몇 걸음을 지나왔어요
무궁화꽃이 필 때마다 아무도 눈치챌 수 없는
발걸음

어느 곳이든 찾아갈 수 있어요
'무궁화꽃이 피었습니다'

골목길

담장 그림자가 발등으로 올라옵니다
지렁이가 오래된 마을의 돌멩이를 먹고 있습니다
돌멩이가 푸른 이끼처럼 마을의 역사를 낳고 있습니다

불필요한 것들은 필요 없이 아름답게 익숙해져 가는
여기
진흙을 밟고 지나온 원죄를 구름이
조용히 씻어줍니다

오전 한나절이
어제처럼 그림자를 끌고 가자
늦은 오후가 구부정하게 또 하루를 배웅합니다

다급할 것 하나 없는 바람은 지나가고
생의 틈새에 끼어 있던 미운 감정 대신 용서해야 할 것
들이
긴 여름 나절처럼 이어져 왔습니다

돈키호테의 광야를 걸어가다

누군가 로시난테처럼 걸어왔다
낡은 풍차 사이의 안개비는 비올리타 파라의 노래처럼
감미롭다

남루한 산초는 무거운 어깨에 풍차를 멘 돈키호테를
거부할 수 없었다
그는 에스파냐의 전통을 숭상했기 때문이다
저기
돈키호테가 말을 타고 온다.
라만차의 풍차는 여전히 돌아가고
바람은
수백 년 전 콘수에그라 광야처럼 근엄하지만 지금은
오래된 전설이다

아이러니하게도
Gracias a lavida*는 안개처럼 흘러나오고
론다*의 절벽으로
석양은 진다

바람과 나무 소리만 요란한 광야
긴 흑발의 집시여인이
고독에 대해서 생각해 보았냐고 속삭이며
검은 눈동자를 가진 이방인의 가슴을 향해
렌코의 전설을 들여 준다

저기
누군가가 로시난테처럼 걸어오고 있다

* Gracias a lavida : 에스파냐의 가수 violetta parra의 노래
* 론다 : 도시명 높은 절벽 위에 있음.

어느 우연한 날이었다

내가 나를 낳았다 아들의 턱이 검게 변해가던 날, 세
월이
유행가처럼 쉽게 변해간다고 생각했다

수년 전
고향으로 전화했을 때 수화기 저쪽에서 내가 대꾸하던
것을 기억하고 있다
그가 지금의 나일까
거울 앞에 선 아버지께서 멀리 떨어져 있는 나에게 전
화를 하신다
지금도 그때일까

이따금 멀리서 바람이 불어올 때마다 어머니는
6㎜ 필름이 초당 24프레임으로 돌아가는 세트장에서
된장찌개를 끓이셨고
하늘 끝자리에 매달린 구름은 쉴 새 없이 흔들렸다

언제부터인가 아내는 어머니의 옷을 입고 있었다
어느 날

어머니의 가발을 썼던 그녀는
정말 어머니로 진화했다

낡은 집 오래된 들판 사이로
세상에서 가장 날카로운 그리움이 바람과 함께 흘러왔
다
모르는 사이에 지금은 어제로 달아났고 내일은 오늘
아침이 되어
아버지를 닮아 가고 있는 나를 만들어 가고 있었다

어느 우연한 날이었다

구차한 변명이 생각나는 밤

아버지의 그림자에 대해서 생각해
본적이 있네
그럴 때면
불완전한 곡조로 어깨가 흔들렸고
흐릿한 자막 사이로 아버지의 역사가 파노라마 쳤네

그의 자손을 위해 별을 따시다,
먼 여행에 오르신 아버지의 길
미처 분리수거를 하지 못한 아들의 영혼 속에는
구차하게 지워지지 않는 변명들로 누추하기만 하네

가끔 이른 아침 눈을 뜨면
새벽 풀밭 사이로 나무둥치를 타고 오르는 실뱀이 보
였는데
날름거리는 혓바닥에서 몰염치함이 묻어나기도 했고,
어색하게
그림자 빛 똬리를 틀기도 했었네

아버지

거기서 오래된 별이라도 세고 계시는가요
아니면
시냇가에서 지난 흔적들을 물소리처럼 듣고 계시는가
요

아버지의 허름한 그림자가 깊이 파인
밤
구차한 변명거리로 골똘해지는
밤

벽난로

저 큰 입이 붉은 고추로 신음하네
꼬리 끝까지 직행하는 저 매움
발정 난 겨울 암사슴의 긴 울음소리가 파란 하늘에
붉은 놀을 그렸고
구름은 연이어 술을 들이켰네

벌목공들이 굴리던 통나무 소리가
앞 개울의 얼음을 녹일 때쯤
독화살 같았던 언어의 전생도 풀리고
당신에 대한 늙은 오해들이 녹을 무렵이면
비로소
따뜻한 봄도 맞이할 수 있겠네

3부

아버지의 문을 생각하다

선거철

날마다 우는 사람들이 있었네.
아름다운 오후는 낯선 거리로 가득하고
낯선 언어로
오른쪽과 왼쪽이 서로를 저주하는 계절
우리는 얼마나 더 낯섦을 느껴야 하는 걸까

골목에선
돼지 울음과
개 짖는 소리로 세상이 시끄러웠고
날카로운 금속이 부딪치거나
번뜩이는 비수로 바람을 가르는 소리가 들렸네

머지않아
살벌하게 태풍도 불어올 것이고 피를 흘리며
아파할지도 모르겠네
야생 짐승처럼 서로 외면한 채
이른 봄이 지나가도
미처 배웅도 하지 못하고
서로가

못 이기는 척 눈을 감고 말겠네

지금은
따스한 오후가 낯 설은 계절
아들아
참으로 아름다운 오후지만
오늘은 너에게 너무나 부끄러운 날이구나

집

아버지 잔디밭에 숨어계시네
무심코 지나버리면 잘 보이지도 않는 집
묏 잔을 어디에 두어야 할지 망설여지는 집
어머니와 단칸방에 누워 계시는 집
동서남북
어느 쪽으로 누워 계시는지 알 수 없는 집
서 계시는지
앉아 계시는지
누워 계시는지
알 수 없는 집
생각만 해도
가슴 한복판이 조여 오는 집

비탈 언덕 건너 멀리서 개 짖는 소리 들릴 때면
아버지 헛기침 소리 들리는 듯
몇 해나 되었는지 지금은
오래된
묵상과 낡은 추억으로 밀어 넣을 수 있는 집
하느님이 아침마다 잔디 위로 내려와서 이슬을 뿌리면

언제나 촉촉해진 곳으로 걸어갈 수 있는
아버지의 작은 집이 맑은 산비탈 속에 숨어있네

* 돌아가신 부모님을 평장으로 합장하여 모셨다.

아버지와 흙과

본래 흙에서 태어나셨네
일생을 흙에서 사셨네
이제 그가
생의 전부였던 고향으로 돌아가셨네
아니 태어난 적도 죽은 적도 없으니
영면한 것이라고 해야겠네

그의
손톱 밑에는 새카맣게 고인 삶의 고된 흔적이
버섯처럼 기생하고 있었네
그것은
전통을 지켜온 명예로운 훈장이었네
마침내
훈장들이 모여 버섯이 되었고 지금은
흙무더기가 되었다네, 그리하여
질척하게 모여 있던, 그리하여
삶 자체가 질척했던, 그리하여
끝내 흙으로 돌아 가버린
훈장 하나

하지만
세상 누구나 그렇듯
아직 그곳이 그의 고향이라고 믿고 싶지 않네
오히려
생소하고 어색한 곳
저기 외로워서 더욱 작은 무덤
한 개

사진으로 만나다

또
하루치의 햇살이 배달되었다
떠도는 자의 웃음이 푸른 구름처럼 산뜻해지는 계절
오래된 영혼이 오래된 기억 속에서 나오시네

한 번도 표정을 바꾼 적이 없으신지
수년
항상 웃고 계시는 어머니와
근엄하신 아버지,

아침나절부터
대추나무 저쪽 새들은
포자처럼 예약했던 울음을 퍼뜨리네

절벽 같은 망각의 산은
까마득한 하늘을 찌르고 있는데
그럴 때마다
빛바래지는 아버지와 달리
아이러니하게도 내 기억은 선명해져 가네

삶과 죽음이 되풀이되는 윤회의 굴레 속에서
햇살은
여전한데
근엄하신 아버지와
어머니의 미소는 화석이 되어있네

가지 많은 나무나 다리 많은 벌레처럼

내게는 너무 많은 눈이 있다네
그리하여
너를 보면 네 생각을 봐야 하고
네 아이를 봐야 하고
네 이념과 네 길을 봐야 하고
그리하여
매일 내 눈을 피곤하게 한다네
너를 보면 너를 어루만져 주어야 하고
너를 어루만지다 보면 다시
나의 현실과 너의 이론 사이를 방황해야 하고

불쑥불쑥 튀어 오르는
가슴 속 붉은 핏덩이를 위해
오랫동안 생각을 멈추어야 하고

나는 하늘을 봐야 하고
태양을 봐야 하고
맑은 시냇물을 봐야 하고

내 눈들은 한 곳을 고정할 수 없어
여러 개의 눈을 임대해야 하고
여러 개의 배려를 준비해야 하고

침대에서 일어날 때마다
언제나
너무 많은 나뭇가지와 너무 많은 다리가 달린 벌레들이
머릿속을 긁적거리네

코로나19

봄이 왔다가는 길목
빨강 노랑 하얀 봄들이 간들거리다 쓰러져요
나는 하얀 마스크를 끼고 기침하는
봄을 관찰해요

햇볕이 쬐는 날이면, 날마다
기침 소리에 먼지 쌓일 시간은 없지만
계절은 저마다의 마스크를 낀 환자가 되어
잠자는 공주가 되었어요

모두가 울상인데
내가 집에서 점심밥을 먹고 있는 동안
택배 아저씨는 거리에서 시간을 뿌리고 있어요

삼삼오오 모여
입에서 단내가 나도록
세 무리의 사람들은 호랑이 이야기를 해요*

그동안

나는 줄기차게 마스크만 따라다녔고
　사람들이 만든 호랑이는 사람들의 영혼을 파먹고 있어
요
　유언비어가 난무하는 파티에서
　나는 누구와 춤을 출까요?

* 삼인성호三人成虎라는 고사성어에서 인용

새벽달을 보다

잠을 자다 문득 방문을 열어 보았네
저기서
빙긋 웃고 있는 둥근 기포

모두가 깊이 잠든 사이
데칼코마니의 바다에 빠진 둥근 화석은
꿈쩍도 하지 않았고
혼자서만 무거운 침묵을 지켜 내고 있었고
홀로 나이테를 두르고 있던 물결은
연신 맑은 부동액을 뿌리며 어둠을 걷어내고 있었네

'지금이 몇 시야 그만 자지'
아내가 잠꼬대처럼 중얼거리는 동안

바람이 낙엽처럼 굴러가다
이따금
막다른 골목에서
킁킁거리며 그의 영역을 탐색하였고
그때마다
허공에서는 적막한 이슬 냄새가 묻어 나왔네

달밤

초저녁잠은
진작에
달아나 버렸고,
잔뜩 쌓여있던 어둠은 달빛에 탈수되어
희미해지고 있네

저런
내 꿀잠도 탈수되고 있네
백야 속,
여기저기서 터져 나오는 비명들
달빛이 사냥하는
외마디 소리

아버지의 문을 생각하다

그때 할머니는 누워 계셨고
아버지는 할머니의 이마에 손을 얹은 채
세상에서 가장 무거운 아픔을 뚝뚝 흘리고 계셨네
그 굵은 알갱이들은
땅에 떨어지는 순간 포자가 되어 사방으로 흩어졌고
회색 세상 사이로 아버지의 진한 슬픔이 보였네

내가 누워 계시는 아버지를 본 것은
소독 냄새가 확 풍기는 그곳이었고
두려움 끝에
평온하게 누워 계시는 아버지를 본 순간
슬픔보다는 안도의 숨을 쉬게 되었네

그러했네,
산산이 흩어진 슬픔 속에서 작은 싹은 피었고
싹은 세상에서 가장 편안한 얼굴을 그리셨네
세상의 모든 평화와 힘이
일시적으로
모인 곳

그곳이 아버지의 새로운 여행지라는 것을 어렵지 않게
확인하게 되었네

세상에 나오셨다가
마침내 돌아가야 할 시간
시간의 문은 그렇게 찬란하게 보였고
세상에서 가장 위대한 평화를 찾은 아버지를 친견하게
되었네

그렇게 담담하게 지켜볼 수 있었네
아버지의 마지막 문을…,

거울을 보면서

시작이면서 마지막인 현실
그리고 또 시작인 현실
볼 때마다
역사는 없었고 언제나 영원한 현실뿐이었네
모든 것이 완벽하지만
감성을 부르는 노래나
너의 향기는 들을 수 없었네

존재를 확인할 때만
가장 완벽한 나를 재현할 수 있지만
언제나
너는 너이고
나는 나이기도 했지만
때때로
너는 나이고
내가 네가 되는 경우가 있지

어느 날
늙어가는 과정도 생략한 채
문득 중년이 되어버린 나를 확인하게 되었네

상사화

생후 육 개월 만에
응석사* 주지 스님의 가슴으로 다시 태어난 이력
열여섯 되던 해 칠석날,
적멸보궁에서 기도하던 어느 보살을 보고
석 달 열흘간 몸살을 앓다가
겨우 살아난 동자승이
붉은 눈물을 흘리고 있네

* 진주시 소재 사찰

합천호에서

합천호에 안개비 내리면
당신은 사막을 향해 걸어갔고
낯선 곳에서
오랫동안 방황하다
몇 날 동안 열병을 앓았던 생각이 납니다

세월이 한참 지나고 나서야
마지막 일기장에서
당신의 여행에 대해서 알게 되었고
기행문을 쓸 수 없었던 이유를 이해하게 되었지요

그동안
세상을 평면적으로
보이는 것만 맹신했던 내가
너무 미안했습니다.

세월이 가면 기억도 희미해지겠지만
지금은
사막여우처럼 숨겼던 흔적을

안개비 내리는 이곳에서 찾을까 합니다

여전히
안개비는 촉촉이 젖어가고,
당신도 저물어 가는

아버지를 발굴하고 있었다

오래된
아버지의 흔적 위로 쌓인 먼지들이 바람에 날린다
훅
걷어내는 먼지 사이로
아버지의 웃음이 발굴되었다

항상 우회전하시던 아버지는 어느 날
눈을 질끈 감으신 채 좌회전을 하셨고
나는 저녁놀처럼 파닥거리는 심장을 부채질하였다
일찍이
그때처럼 움찔거리는 그림자를 본 적이 없었고
그림자 속에는 내 부족함이 숨어있었다

나는
수없이 반짝거리는 거울을 봐 왔다
그때마다
나의 이기심은 돌출했었고
돌출된 것들이 높은 계단을 점령해왔으며
계단 높이만큼 부끄러움은 쌓여갔다

계단 위의 저 높은 산
산이 흔들거린다
구름의 똥구멍을 쑤시려는지 산이 흔들거린다

오랫동안
별들은 밸런타인데이처럼 반짝거렸지만
이 땅에는
나도 모르는 사이에
아버지를 발굴하고 있는 내가 있었다

밤새 하늘에서는
맑은 사리를 뿌리고 있었다

장마

계곡 수가
커다란 바위를 발굴하자
다수의
나무는 참혹하게도 흰 뼈를 드러내었다

허리를 다친 산은
피를 흘리거나
울컥울컥 짖은 신음을 토하기도 했다

팔월의 참사들,
누군가가
올해 채솟값이 금값이 될 것이라고 했다

우리는
오랫동안 산성비를 맞았고
대머리가 된 누군가는 천재지변이 아닌 인재라고
목청을 높이고 있었다

달력이 몇 번이고 찢겨 나갔다

다수의 개와 고양이는
오랫동안 거리를 떠돌고 있었고
제왕절개 중이던 계곡은 몇 달 동안
방치된 체
황토만 넝쿨처럼 번져갔다

그가 다녀간 흔적이다

저녁놀을 보다

거대한 분출
플라톤의 거울이 뒤집히고 있네
검은 열차가 마지막 출발을 위해 핏대를 세우는
저녁

일순간
거울 저편으로 보내는 붉은 사연이
생의 마지막을 사르는데
길게 펼쳐진 붉은 강가에서
솟아 나오는
오래된 어느 조상의 붉은 심장을 이어받아서
저렇듯 흘러나오는가?

어쩌면
머지않아 찾아올
어린 별들을 맞이하기 위한 거룩한 의식일지도 모르겠
네
툭툭 엄마 배를 치고 있는 어린 별들의 태동

저기,
골짜기 사이로
걷잡을 수 없는 절정이
야간열차의 붉은 여운처럼 세상을 덮고 있는 저녁
플라톤의 거울이 세상의 절정을 장식하고 있네

한 해를 보내며

한 때
오랫동안 기다려야만
세월이 역사로 진화한다고 생각하면서 살아왔네
지금
내일이라 여겼던 그가
어제처럼 인사를 하네
고단하다고 여긴 적이 없었던 오래된 여정이
마침내
저녁나절의 어둠처럼 너덜거리며
뒷모습을 보이고 있네

그는
한 번도 오래된 기억들로 힘들다고 여기지 않고
뫼비우스의 주기처럼
누군가의 시간을 주기적으로 공급해 주거나
추억을 제조해 주기를 주저하지 않았네

한번 소진한 시간에 대해서는
전혀 에누리를 적용하지 않는다는 원칙에 따라

때때로
누군가가 커다란 희망을 꿈꾸며
삶을 도박판에 올려두거나 난도질을 할 때마다
편애보다는
과감한 원칙을 사랑했던 우직함이
좋았네

지금
붉은 벽창우가
뒷모습을 보이고 있네

개화

봄비가 땅속 깊이 사정을 했다
구름 같은 환희
꽃들이 일제히 월사月事를 준비하는
봄날
꽃들의 생식을 읽는다

게으른 휴일 아침나절처럼 눈부시게
화려한 날
수도사의 기도처럼
우렁차게 생명이 탄생하는 소리가 들렸고

누군가의 몸에서 깨끗한
피가 흐르기 시작했다

4부

로드 킬road kill

로드 킬road kill

상황의 해석을 거부하는 육신의 조각들
검붉은 도로에 흩어져 풍장을 당하고 있네
자동차 소리에 놀라 날아오르는 산 까치 떼
바람을 흔드네

잔혹한 생의 흔적
진흙처럼 달라붙은 주검은 이빨을 드러낸 채
개처럼 울부짖고 있네.
미련이 쌓인 영혼은 허공을 떠돌고
이따금
시퍼렇게 굴러다니는 눈 알갱이는 현실을
부정하네

오랫동안 그는
야금야금 나의 잠을 뜯어 먹었고
그럴 때마다 나는
허공을 난도질하였네
아아,
침대 시트에 떨어져 있는

선명한 이빨 사이로 흘러내리던
걸쭉한 흔적들,
야생 짐승들이
울부짖던
길게 뻗은 외길이었네

유언비어

밤새 소실비 내리는 소리가 들렸네
소리가 들리는 쪽에서는 어김없이
시퍼런 비수가 잠복해 있었고
푸른 상처 사이로 피가 흘러내리기도 했네

히죽거리는 이웃들이나
무심히 스쳐 지나가는 사람들
왜곡된 소설에만 관심을 가지네

오래도록 주인을 기다리는 개처럼
혼자서 아파하거나
허기진 늑대처럼 방황하기도 했네

지금
저 차갑고 날카로운 쇳덩어리 소리가
시퍼런 바람을 가르고 있네

죽은 나무에서

명을 다하지 못하고
오래전에 죽은 나무가 있었다
나무의 내부에서 검붉은 유골이 나왔다
매일 밤 가벼워진 영혼은
달님과 수군거렸다

담쟁이 가지가 지렁이처럼 기어올랐다
지렁이가 넓은 손바닥으로 부채질을 하였다
죽은 나무에서 하얀 꽃가루가 날렸다
죽은 나무에서 작은 알갱이들이 매달렸다
죽은 나무는 부활한 것이다

죽은 나무는 담쟁이의 전생이었을까

일식

늑대를 받아들이는 당신은
쿠마리Kumari보다 더 위대한 존재
마침내 남자를 받아들인다는 것은
어둠에서
다음 역사를 준비하는 시바Siva의 주술

그러므로
어두워진다는 것은
지금 막
내세를 거쳐 새로운
빛으로 환생하는 변곡점으로 귀환했다는 것
우주를
한 바퀴 돌아서 다시 출발해야 할 지점에
도착했다는 것

어둠으로 인도한다는 것은
엄마의 새로운 문으로 찾아간다는 것
당신의 술래는
엄마의 몸속으로 파고드는 꽃의 전생으로 찾아간다는 것

별 2

누군가
허공에다 구멍을 뚫어 놓았네
뚫린 구멍들 사이로 야간 비행기가 지나가네
순간적으로 사라졌다 나타나는 개체들

비행기 소리가
별들을 갈아버리자
새파랗게 질린 무리는 가슴을 폈다 오므렸다 하면서
어쩔 줄을 몰라 하네
그럴 때마다
저 너머 총알이 지나간 흔적들 사이로
푸른 핏물들이 쏟아졌다가 멈추기를 반복하네

아,
밤새 추위에 떨던 흔적들
밤새 거대한 총알이 뚫고 간 흔적들,

시월

나무가 옷을 벗기 시작하자
어디선가 건조한 피리 소리가 들려왔네

빈 꽃병이
계절을 읽어가는 동안
꽃들도 점차 가벼워져 갔고
덩달아
벌레 먹은 나뭇잎은 춤을 추고 있네

산비둘기 울음소리를 번식하던 숲은
이따금
온몸으로 무거운 노래를 뿌렸고

어슬렁거리던 계절이
길어진 그림자를 말리면서
누렇게 익어가기 시작하던 날이었네

예전에 동심이 있었네

"창문은, 창문은, 텔레비전인가 봐
멀리 있던 나무들이 가까이 왔다가 사라져가네"

이것은 큰 놈이 유치원 때 인가 초등학교 때인가
승용차 안에서 중얼거리던 것이다

낼모레면 놈이 대학을 졸업한다는데,
이게 기억나냐고 물어보았더니
"제가요?"
라고 했다

눈

눈을 심었다
마당가 장미 가지 옆에도 작은 눈을 한 송이 심어두었고
텃밭 고추나무 가지에도 검은 눈을 심어두었다

거추장스러운 웃음과
삐뚤어진 손가락을 털어내고자
여기저기 눈을 심어두었다

심은 눈이 많이 번식하여 풍년이 들었다
아내에게는 물론
언제나 심기 불편한 옆집 여편네에게 한 알을 선물했
다
뽀로통한 뒷집 노처녀에게도
지하도 노숙자에게도 눈을 선물했다

나는 너무 소심한가 보다

밤

밤이 나를 에워쌌다
큰 달걀 속에 갇혀 깊은 잠에 빠질 시간
일정한 간격으로 정형화된
벌레 울음소리만
쭈그리고 앉은,

밤새
나는 달걀의 노른자를 생각해 보았다
겨울잠처럼 일정한 간격으로 나타나는
생의 후렴구를,

몸살감기를 앓을 때

말라 쭈그러진 양파가 누워있었다
방전된 육신에선
어울리지 않게 뜨거운 열을 방출하였고
이따금 붉은 신음이 울컥 쏟아지기도 하였는데
그때마다
방문 틈새로 들어온 실바람은 오래전 어머니처럼 기웃
거렸다

흠뻑 젖은 그리움이 흘러
고향과 어머니와 오래된 오솔길을 반죽하고 있었다
어둠 너머로의 환상들이 구워지는 동안
창틈으로
누군가가 서럽게 울고 있는 소리가 들렸고
창밖에선
미처 떠나지 못한 마지막 겨울바람이
귀신처럼 방황하고 있었다

모진 고열이
절정을 즐기는 동안

심장 끝은 여전히 젖은 그리움만
고이고 있었다

유등이 밝아오는 밤*

강에서 별이 노래를 부르고 있네
긴 발가락을 내민 채
솜 같은 어둠을 밟으며 노래를 부르네
허공으로 나래 치는 언어의 조각들은 반짝거리고

여운을 따라 삶을 생산해 가는 과정
강을 연결하던 별들이
부지런히 세포분열을 하네
줄줄이 새나가는 저마다의 여운들

이윽고
붉은 몸에 눈부신 탄력이 붙자
짙은 담요를 두른 어둠이
넌지시
모자를 벗네

달님마저 함박 웃는 밤

* 진주 남강 유등축제장에서

매화를 보면서

아직도 차가운 계절인데
나뭇가지마다
흰 우주가 빅뱅을 하고 있네
만발한 별들이 춤을 추는 동안
당신을 향한 웜홀worm hole은 뚜렷해지고
당신은 비행자들 사이에서
소음을 삼키며
향기를 뿌리고 있네

머지않아
그대는 또 떠나가겠지만
당신의 흔적을 간직한 무수한 알은
바람이 불 때마다
다시 흔들릴 것이고
어느 날 더욱 진한 향기를 뿌리며
누렇게 익어가는 초여름 밤도 맞이할 수 있을 것이네

~ 동안

황사가 심하게 불어오던 날이었다
해님마저 형체를 잃어버린 오후였다

바퀴벌레처럼 맑은 하늘을 갈아 먹는 동안
변형된 것들이 세상의 숭배자로 둔갑하는 동안
방전된 횃불이 더는 세상을 밝힐 수 없게 되는 동안
피고가 재판장을 향해 삿대질하는 동안
사기꾼이 되기를 자처하는 동안
더러움으로 얼룩진 것들이 아름답다고 하는 동안

피를 불러내기 위한 의식이 치러지는 동안
선혈이 낭자한 태양의 팔뚝이 뚝뚝 떨어지는 동안
그리하여
거짓이 세상을 지배하는 동안
무가지처럼 먼지만 쌓이다 진실이 사라지는 동안
구상 선생이 말씀하신 '세상에서 가장 사나운 짐승'이
생각나는 동안

황사만 쉼 없이 불어오는 서쪽 사막을 원망하던

죄 많은 노파처럼
죄 없는 강아지들을 향해 삿대질해 보았다
'야, 이 나쁜 놈들아!'

행오버Hangover

머리가 많이 지끈거린다는 것 외엔
소변에서 단내가 난다는 것 외엔
평소보다 늦잠을 잤다는 것 외엔,

간밤에 누군가가 나를 범했던 것 같은데,
과정을 잃은 상흔은
증거목록 일호처럼 욱신거렸어,

익명의 거리에서 강아지가 꼬리를 흔들듯 뭔가가
복원될 것 같기도 하다가도
시간 여행자처럼 이동하는 휘청거리는 그림자만
실마리라는 것 외엔,

모호한 기억을 탐색하던 꿈들이 꿈틀거리지만
하나같이…, 글쎄
분명한 것은
칫솔질 사이로 확 풍기는 헛구역질,

…,

이런
간밤에 또 그 짓을,

흐린 날의 일상

아침에 출근해서
종일 아침처럼 지내는 아침은 염치가 없지만
세월이 흐른다는 것을 의식하지 못하는
쏠쏠한 보너스
그런 날이면
어김없이 덧칠된 시간은 멈추게 되고
주변 풍경들은
이른 아침처럼 안색을 펴지 못한다

때가 되어
점심시간이나 퇴근할 때가 되면
유령처럼 사라진 시간의 흔적들로
소스라치는 반색들이
고통스럽게 죽어간 순교자들 덕분에
자유를 얻은 세속인처럼
경건해지기다가

저녁 무렵
소슬비라도 내리게 되면

비로소
불탄 우듬지 사이에서
먹이를 찾기를 포기한 젖은 새처럼
아쉬워한다

이런 날은 감사하고 싶다

세상에서 얻은 아픔으로
입에서 배설되는 사나운 짐승의 DNA를
미처
몰아내지 못하고
내 눈에는 시베리아의 찬 바람이 불거나,
주소가 불분명한 누군가를 향해
구취口臭를 뿌린 것에 대해
반성하는 날

달콤하게 떨어지고 있는 봄비를 향해
주저리주저리 흘러내리는 모든
넋두리를 한결같이
비 갠 날의 엷은 희망처럼
오염된 속을 비우는 의식으로 연결되는 순간에
대해서 감사하는 날

비로소
우리에서 빠져나온 동물들을
몰아내게 된 것을 다행으로 여기니

멀리
들판을 향해 검은 짐승들이
달려가고 있다

전환, 사랑, 운명으로서의 시
─ 이창하의 시집에 관해서

권 온(문학평론가)

1

폴 리쾨르Paul Ricoeur에 의하면 우리는 오직 스스로를 상실할 때 진정한 자신을 발견할 수 있다(I find myself only by losing myself). 리쾨르가 주목하는 진정한 '나'는 일상에 만족하는 '나'를 뛰어넘는 존재일 테다. 이는 죽기로 마음먹으면 산다는 뜻을 담은 '사즉생死卽生'의 태도와 통하는 것이기도 하다. 습관화된 '나'를 벗어나는 일은 매우 힘들 수 있다. 유감스럽게도 우리는 삶의 대부분을 일상화된 '나'로서, 습관화된 '나'로서 살아간다. 시인은 익숙한 삶의 루틴routine을 극복하고 진정한 '나'를 찾아가는 방법을 발견하고 이를 언어로 형상화한 사람일 수 있다.

이창하는 이번 시집에서 다양한 방향에서 진정한 자신을 찾으려고 노력한다. 우리는 여기에서 '기억' '관계' '미

美' '운명' '사랑' '가족' '인간' 등의 키워드로써 시인의 시 세계를 이해할 수 있을 것으로 기대한다. 독자들은 「영혼이 수척해지는 날」「시월의 강가에서」「이른 아침과 소나무와의 관계」「어느 우연한 날이었다」「선거철」「사진으로 만나다」「로드 킬road kill」「이런 날은 감사하고 싶다」 등 여덟 편의 시와 조우함으로써 '나'에 대해서, '가족'에 관해서, '우리'를 향해서, '사회'를 위해서 새롭게 사유할 수 있을 터이다.

2.

세상의 바람에 닳아버린
머리카락에서 백색 어둠이 번졌다

초점을 잃어가는 눈동자 속으로
빛바랜 기억들은 여러 겹의 프레임frame이 되어
돌아갔다

기억을 더듬는다는 것은
그리움을 긁어간다는 소리
흐릿하게 잊어가는 것들을
스케치한다는 것은
눈동자에 고인 눈물 같은 어머니나
늙은 아버지의 마른기침처럼

약해진 괄약근 사이로 오래된 그리움이 누수되고 있다는 것

컬러판처럼 선명했던 것들이
흑백 사진처럼 탈색된 기억으로 변해버린 것들을
발굴해 내던 어느 날
누군가의 영혼은 더욱 수척해 지고 있다
— 「영혼이 수척해지는 날」 전문

삶에서 '기억'이 차지하는 비중은 얼마나 될까? 기억은
시간의 퇴적을 전제로 하는 것이기에 삶에서 기억이 갖
는 중요성은 결코 적지 않다. 기억이 없다면 삶의 의미
가 크게 줄어들 것이고 어쩌면 삶이 무의미해질지도 모
른다. 우리가 자주 또는 가끔 기억의 회로를 돌리면서
행복했던 한때를, 고통스러웠던 한때를 떠올리면서 현
재의 삶을 되돌아보고 살아갈 힘을 얻기 때문이다. 기억
은 생生이라는 이름의 기차를 움직이는데 없어서는 안
될 필수적인 연료가 되는 것이다.

이 시는 '기억'을 이야기한다. 이창하가 포착한 기억은
"세상의 바람에 닳아버린" 것이고, "머리카락에서 백색
어둠이 번"진 것이다. 시인은 "초점을 잃어가는 눈동자"
같은 "빛바랜 기억들"에 주목한다. 그가 여기에서 생각
하는 기억은 낡고 어둡고 약한, 바스러지기 쉬운 노인을
닮았다. 이창하에게 '기억'은 '그리움'과 동의어이다. 시
인은 "흐릿하게 잊어가는 것들을", 흐릿하게 잊혀져가는

"기억을 더듬는다" 그가 붙잡으려는 기억은 "눈물 같은 어머니나/ 늙은 아버지"를 닮았다. 이창하는 자신이 세월의 흐름으로 "흑백 사진처럼 탈색된 기억" 앞에서 수척해진 '영혼'임을 고백하지만, 우리의 생각은 조금 다르다. 시인은 단순히 수척한 영혼이 아니다. 그의 내면에는 밤하늘의 빛나는 별들이, "컬러판처럼 선명했던" 어머니나 아버지와의 기억이 남아있기 때문이다.

서로가 인정해주지 못하던 계절
각자의 색상이라는 형식들이
끝내 밝히지 못한 오해들로 가파른 비탈길을 벗어나
절정을 향하고 있네

저기 고단한 삶이 밤처럼 걷고 있네
한 때,
강렬한 햇살처럼 건조해진 길을 따라
함께 여행을 떠나기도 했지만
마침내
숙명처럼 각자의 길을 맞이하게 된
당신과 나

따지고 보면
작은 앙금들이 오해를 만들었고
탈색된 오해들이 돌연변이가 되어 모두의
가슴을 아프게 했네

시월의 강가에서는
형식 따위는 고집해서는 안 될 것이네
때가 되면 모두가 같은 형식에서 다음을
준비해야 하는 것
무표정한 저 강물마저도
오랜 사유思惟가 되어
저렇게 두리뭉실하게 흘러가고 있는데,
　　　　　　　　　—「시월의 강가에서」 전문

　이 시는 시적 화자 '나'와 '당신'의 '관계'에 대해서 이야
기한다. '나'와 '당신'은 "함께 여행을 떠나기도" 할 만큼
절친한 사이였지만 '작은 앙금들'과 "탈색된 오해들이 돌
연변이가 되어" "숙명처럼 각자의 길을 맞이하게" 되었
을 게다. 두 사람의 관계는 작은 앙금이 쌓이고 작은 오
해가 더 큰 오해를 낳으면서 돌이킬 수 없는 파국을 맞
이하게 되었으리라. 서로가 서로를 "인정해주지 못하던
계절"은 슬픈 시절이었음을, "각자의 색상이라는 형식
들"에 집착하던 시기는 불행한 때였음을 독자들은 넉넉
히 짐작할 수 있다.
　'나'와 '당신'이 선택한 '각자의 색상' 또는 '각자의 길'은
언제까지 유효할까? "서로가 인정해주지 못하던 계절"
은 영원할 수 없다. 이창하에 따르면 10월이 되면, "시월
의 강가에서는/ 형식 따위는 고집해서는 안 될 것"다.
인생의 봄과 여름을 지나 가을에 이르게 되면, 삶의 연

륜이 쌓이게 될 때, 자신만의 형식을 고집하는 일은 불가능에 가깝다. "때가 되면 모두가 같은 형식에서 다음을/ 준비해야 하는 것"이 인생이다. 우리는 '분리'와 '대조'의 원리를 적용한 각자의 형식이 무의미해지는 순간이 찾아올 것임을 알아야 한다. 특히 "무표정한 저 강물마저도/ 오랜 사유思惟가 되어/ 저렇게 두리뭉실하게 흘러가고 있는데,"라는 3연의 진술에 주목해야겠다. 시인에 따르면 강물은 그저 흘러갈 뿐이다. '무표정한'과 '오랜 사유' 그리고 무엇보다도 '두리뭉실하게'라는 일련의 담담한 표현에서 독자들은 깨닫는다. 우리는 모두 같은 색상을, 같은 형식을, 같은 길을 가게 될 것임을. 우리는 또한 "걱정스런 눈빛으로 날 바라보는 친구여,/ 우린 결국 같은 곳으로 가고 있는데"(〈나에게 쓰는 편지〉)라는 신해철의 표현에 공감한다.

소나무가 파도를 일으키네
새벽과 아침의 경계점에서 세상의 바다가 되어
파도를 일으키네

연일 태양이 작열한다는 먼 섬나라의 푸른 바다처럼
새들은 자맥질하고
산과 나무와 꽃들이 데칼코마니가 된
하늘과 바다가 분리되기 이전부터 만들어진
기억처럼 눈부신,

또 생각이 나네
언젠가
빈Vienna의 낯선 거리에서 만났던 오래전 이방인의
출렁거렸던 머릿결이

마당 언저리 소나무 끝자락으로
새삼스럽지 않게 파도를 일으키는 것을 바라보면
잎새에 반짝이는 물결 사이로
고래 한 마리 나를 바라보고 있을지도 모를 일이네

저기
아침 해가 떠오를 때를 놓치지 않고
소나무 가지가 파도를 치네
                    —「이른 아침과 소나무와의 관계」 전문

'시적詩的'이라는 표현에 넉넉하게 부합하는 시이다. 시적 화자인 '나'는 '이른 아침'에 '소나무'를 바라보는 중이다. 특이한 점은 '나'가 '소나무'에서 '파도'를 생각한다는 사실이다. 물론 이 시의 무대에 경포대 해수욕장처럼 '소나무'와 '바다'와 '파도'가 있을 수도 있고 그렇지 않을 수도 있다. 중요한 것은 '새벽과 아침의 경계점'이라는 미세한 순간, '나'가 '소나무'와 '파도'라는 별개의 사물을 자연스럽게 연결한다는 점이다.

2연은 '미美'로 충만하다. 이창하가 제시하는 "연일 태양이 작열한다는 먼 섬나라의 푸른 바다"는 이탈리아 카

프리섬의 바다 같은 곳일까? 시인은 "하늘과 바다가 분리되기 이전부터 만들어진" 완벽한 공간을 떠올린다. "새들이 자맥질하"는 이곳이야말로 '낙원樂園'일지도 모른다. 이국적異國的 정취를 향한 연상 작용은 3연에서도 지속된다. "빈의 낯선 거리에서 만났던 오래전 이방인의/ 출렁거렸던 머릿결"을 생각하는 모습은 얼마나 로맨틱한가?

1연~3연에서 펼쳐진 생각의 연쇄, 연상의 댄스는 "소나무가 파도를 일으키"듯이 매끄럽게 전개되었다. 이러한 생각과 연상의 파동이 "마당 언저리 소나무 끝자락"이라는 일상의 사물에서 비롯되었다는 것이 놀랍다. '소나무'→'파도(물결)'→'고래 한 마리'→'나'로 이어지는 흐름은 삶이라는 이름의 신비를 아름답게 실현하는 '나비 효과'이다.

내가 나를 낳았다 아들의 턱이 검게 변해가던 날, 세월이 유행가처럼 쉽게 변해간다고 생각했다

수년 전
고향으로 전화했을 때 수화기 저쪽에서 내가 대꾸하던 것을 기억하고 있다
그가 지금의 나일까
거울 앞에 선 아버지께서 멀리 떨어져 있는 나에게 전화를 하신다
지금도 그때일까

이따금 멀리서 바람이 불어올 때마다 어머니는
6㎜ 필름이 초당 24프레임으로 돌아가는 세트장에서
된장찌개를 끓이셨고
하늘 끝자리에 매달린 구름은 쉴 새 없이 흔들렸다

언제부터인가 아내는 어머니의 옷을 입고 있었다
어느 날
어머니의 가발을 썼던 그녀는
정말 어머니로 진화했다

낡은 집 오래된 들판 사이로
세상에서 가장 날카로운 그리움이 바람과 함께 흘러왔다
모르는 사이에 지금은 어제로 달아났고 내일은 오늘 아
침이 되어
아버지를 닮아 가고 있는 나를 만들어 가고 있었다

어느 우연한 날이었다
　　　　　　　　　　　　　　　—「어느 우연한 날이었다」 전문

  삶은 우연의 결과물인가? 아니면 필연의 산물인가?
이창하는 여기에서 삶을 '어느 우연한 날'의 연속으로 규
정한다. 시인이 삶에서 우연의 역할을 강조하게 된 계기
는 '가족' 때문이다. 시적 화자 '나'는 1연의 '아들'에게서
스스로를 발견한다. '나'는 "아들의 턱이 검게 변해가던

날" 시간의 무서운 속도를 확인하였을 테다. '나'는 또한 '수년 전' '아버지'와의 통화通話를 떠올린다. '나'는 '지금' '아들'의 모습에서 '과거'의 자신을 만나고 있고, 동시에 '현재'의 '나'는 '그때'의 '아버지'와 동일한 스스로와 조우한다. 현재의 '아들'은 과거의 '나'이고, 현재의 '나'는 과거의 '아버지'이다. "지금도 그때일까"라는 이창하의 질문은 '나'는 '아버지'이자 '아들'이라는 인식과 다르지 않다.

'나'는 3연에서 '아내'와 '어머니'를 겹쳐서 바라본다. 언젠가부터 "아내는 어머니의 옷을 입고 있었"고, "어머니의 가발을 썼던 그녀는" 마침내 "어머니로 진화했다." '나'가 보기에 '아내'는 '어머니'의 과거이고, '어머니'는 '아내'의 미래이다. 세월의 거침없는 흐름 앞에서 '나'가 손에 쥘 수 있는 것은 "세상에서 가장 날카로운 그리움"일 수 있다. '나'가 지금 '아버지'를 그리워하듯이 훗날 '아들'도 '나'를 그리워할 게다. 이 모든 변화는 '있음'과 '없음' 사이에서 진동하고, '우연'과 '필연' 사이에서 벌어지는 사건들이다. 이를 운명이라고 불러도 될까?

날마다 우는 사람들이 있었네.
아름다운 오후는 낯선 거리로 가득하고
낯선 언어로
오른쪽과 왼쪽이 서로를 저주하는 계절
우리는 얼마나 더 낯섦을 느껴야 하는 걸까

골목에선
돼지 울음과
개 짖는 소리로 세상이 시끄러웠고
날카로운 금속이 부딪치거나
번뜩이는 비수로 바람을 가르는 소리가 들렸네

머지않아
살벌하게 태풍도 불어올 것이고 피를 흘리며
아파할지도 모르겠네
야생 짐승처럼 서로 외면한 채
이른 봄이 지나가도
미처 배웅도 하지 못하고
서로가
못 이기는 척 눈을 감고 말겠네

지금은
따스한 오후가 낯 설은 계절
아들아
참으로 아름다운 오후지만
오늘은 너에게 너무나 부끄러운 날이구나
—「선거철」 전문

시인은 현실을 진단한다. 이창하의 이 시는 한국 사회의 뜨거운 문제점을 진단한다. 그에 따르면 "오른쪽과 왼쪽이 서로를 저주하는 계절"은 낯설다. 여기에서 '오른쪽'은 우익右翼 또는 우파右派를, '왼쪽'은 좌익左翼 또는 좌파左派를 의미할 테다. 오른쪽과 왼쪽의 대립이 대한민국만의 문제는 아닐 테지만 최근 우리 사회의 좌우 대립이 심각한 것은 사실이다.

이창하는 좌와 우가 서로를 저주하는 현실 앞에서 '아름다운 오후' '따스한 오후'가 퇴색하고 있음을 지적한다. 사람들은 편을 갈라서 서로를 울리고, '낯선 언어'가 난무하는 '낯선 거리'와 '골목'은 "돼지 울음과/ 개 짖는 소리로" "시끄"럽다. 이 땅을 살아가는 민중民衆은 개돼지처럼 "날카로운 금속"처럼 "번뜩이는 비수"처럼 상대 진영을 향해 돌진한다. 시인에 의하면 오늘의 대한민국을 지탱하는 민중은 "야생 짐승처럼 서로 외면한 채" "배웅도 하지 못하고/ 서로가 못 이기는 척 눈을 감고" 있다. 봄날 오후의 아름다움과 따스함을 느낄 수 없는, 잃어버린 계절 앞에서 그는 부끄러움을 피력한다. 오른쪽과 왼쪽을 향한 신념도 좋지만, 인간 본연의 품격을 지킬 수 있는 한국 사회가 되어야 할 것으로 우리는 믿는다. 김수영이 「사랑의 변주곡」에서 보여주었듯이 우리 사회는 "신념보다도 더 큰/ 내가 묻혀 사는 사랑의 위대한 도시"로 거듭나야 할 것이다.

또
하루치의 햇살이 배달되었다
떠도는 자의 웃음이 푸른 구름처럼 산뜻해지는 계절

오래된 영혼이 오래된 기억 속에서 나오시네

한 번도 표정을 바꾼 적이 없으신지
수년
항상 웃고 계시는 어머니와
근엄하신 아버지,

아침나절부터
대추나무 저쪽 새들은
포자처럼 예약했던 울음을 퍼뜨리네

절벽 같은 망각의 산은
까마득한 하늘을 찌르고 있는데
그럴 때마다
빛바래지는 아버지와 달리
아이러니하게도 내 기억은 선명해져 가네

삶과 죽음이 되풀이되는 윤회의 굴레 속에서
햇살은
여전한데
근엄하신 아버지와
어머니의 미소는 화석이 되어있네
　　　　　　　　　　　—「사진으로 만나다」 전문

아름답다. 앞서 살핀 「이른 아침과 소나무와의 관계」와
유사한 계열을 이루는 시로서 미학적인 효과가 뛰어나

다. 이창하는 작품의 앞뒤에 '하루치의 햇살'이나 '푸른 구름' 같은 아름다운 자연을 배치함으로써 독자의 심신을 안정시킨다. 이 시 곳곳에서 '대추나무'나 '새들' '산'이나 '하늘' 등을 발견하는 일은 울창한 숲에서 삼림욕을 즐기는 것과 유사한 효과를 낳을 수 있다. 건강한 몸과 마음을 얻으려는 이가 있다면 이창하의 시를 놓쳐서는 안 될 테다.

시적 화자 '나'는 자연으로 포위된 이 시에서 '아버지'와 '어머니'를 환기한다. '나'가 떠올리는 부모님은 '사진'이라는 매개체를 활용하여 "오래된 기억 속에서" 흘러나온다. '오래된 영혼'으로서의 돌아간 부모님은 "한 번도 표정을 바꾼 적이 없"다. 사진 속 어머니는 "항상 웃고 계시"고 아버지는 늘 근엄하시다. '나'는 "대추나무 저쪽 새들"에게서 '울음'을 발견하는데, 여기에는 만날 수 없는 부모님을 향한 '슬픔'이 내재되어 있다. 기억 속의 부모님은 "화석이 되어있"고 "빛바래지는" 상황에 위치한다. 중요한 것은 아버지와 어머니를 향한 애틋한 마음이 가파르게 상승한다는 점이다. 삶은 죽음과 만나고 자연은 부모님을 소환한다. 아름답다.

상황의 해석을 거부하는 육신의 조각들
검붉은 도로에 흩어져 풍장을 당하고 있네
자동차 소리에 놀라 날아오르는 산 까치 떼
바람을 흔드네

잔혹한 생의 흔적
진흙처럼 달라붙은 주검은 이빨을 드러낸 채
개처럼 울부짖고 있네.
미련이 쌓인 영혼은 허공을 떠돌고
이따금
시퍼렇게 굴러다니는 눈 알갱이는 현실을
부정하네

오랫동안 그는
야금야금 나의 잠을 뜯어 먹었고
그럴 때마다 나는
허공을 난도질하였네
아아,
침대 시트에 떨어져 있는
선명한 이빨 사이로 흘러내리던
걸쭉한 흔적들,
야생 짐승들이
울부짖던
길게 뻗은 외길이었네

— 「로드 킬road kill」 전문

    인간의 주거지가 확장될수록 야생 동물의 서식지는 줄어든다. 이 시의 제목이기도 한 '로드킬roadkill'은 동물이 도로에 나왔다가 자동차 등에 치여 죽는 일 또는 도로에 나온 동물을 자동차 등으로 치어 죽이는 일을 뜻한다.

인간의 욕망으로 서식지를 잃은 야생 동물이 도로로 밀려 나와서 자동차에 치여 죽음을 맞이하게 되는 상황은 현대사회의 비극이다. 세계 인구의 폭발적 증가에 의한 새로운 주거지 확장, 하이테크놀러지high-technology가 접목된 자동차 보급의 증가는 야생 동물에게 치명적인 타격을 가하게 되었고 '로드킬'은 이를 입증하는 사례이다.

다수의 시인들이 '로드킬'을 시로 형상화한 바 있고 이창하 역시 예외가 아니다. 이 시는 시적 화자 '나'가 관찰한 '야생 짐승(들)'으로서의 '그'에 집중한다. 시인은 1연에서 야생 동물 또는 야생 짐승의 최후를 "검붉은 도로에 흩어져 풍장을 당하고 있네."라는 감각적인 진술에 담았다. 특히 2연의 "진흙처럼 달라붙은 주검은 이빨을 드러낸 채/ 개처럼 울부짖고 있네."와 "시퍼렇게 굴러다니는 눈 알갱이" 등의 강렬한 진술은 로드킬 현장을 온전히 복원한다. 이창하는 여기에서 인간의 한 사람으로서 로드킬에 대한 죄의식 또는 죄책감을 피력한다. 더이상 불행한 로드킬이 발생하지 않기를 바라는 시인의 바람이 독자들의 가슴을 따스하게 데우는 시가 여기에 있다.

세상에서 얻은 아픔으로
입에서 배설되는 사나운 짐승의 DNA를
미처
몰아내지 못하고

내 눈에는 시베리아의 찬 바람이 불거나,
주소가 불분명한 누군가를 향해
구취口臭를 뿌린 것에 대해
반성하는 날

달콤하게 떨어지고 있는 봄비를 향해
주저리주저리 흘러내리는 모든
넋두리를 한결같이
비 갠 날의 엷은 희망처럼
오염된 속을 비우는 의식으로 연결되는 순간에
대해서 감사하는 날

비로소
우리에서 빠져나온 동물들을
몰아내게 된 것을 다행으로 여기니
멀리
들판을 향해 검은 짐승들이
달려가고 있다
                                        —「이런 날은 감사하고 싶다」 전문

　이창하의 섬세한 감성이 돋보이는 시이다. 시적 화자
'나'는 우선 '반성'을 이야기한다. '세상'에서 살아간다는
것은 '아픔'을 견뎌낸다는 말과 다르지 않다. '나'의 "입에
서", "사나운 짐승의 DNA"가 "배설되는" 까닭이 여기에
있고, "내 눈에는 시베리아의 찬 바람이" 부는 이유도 여

기에 있으며, "누군가를 향해/ 구취口臭를 뿌린 것" 역시
이와 다르지 않다. '세상'이라는 약육강식의 정글에서 살
아남기 위해 '나'는 강해져야 했다. 최소한 강한 척이라
도 해야 했으리라.

원치 않던 '사나운 짐승의 DNA'나 '시베리아의 찬바
람' 또는 '구취' 등을 발산한 '나'의 마음이 편할 리 없다.
자신의 불편한 언행을 반성하는 '나'는 용기 있는 사람임
이 틀림없다. '아픔'을 주는 '세상'에서 살아남기 위해 불
가피하게 선택했던 불편한 언행을 '나'는 '오염된 속'으로
인식한다. "달콤하게 떨어지고 있는 봄비"와 이어지는
"비 갠 날의 엷은 희망"이라는 자연의 위대함 앞에서 '나'
는 "오염된 속을 비우는 의식"을 실천한다. "이런 날은
감사하고 싶다."라고 밝히는 '나'는 '신심信心'이 두텁다.
이창하의 시를 읽으며 독자들은 바라고 바랄 것이다. 하
루를 마치며 감사할 수 있기를, 일생을 마감하며 감사할
수 있기를.

3.

체코에서 온 금발의 클라라를 만나서 맥주를 마시며
즐거운 시간을 갖는다면 서울의 낯익은 거리도 이국적
인 공간으로 바뀔 수 있을까? 때때로 시는 이런 황홀한
전환을 이루어낸다. 이창하의 시집에 담긴 멋진 시편도

그런 가능성을 보여주었다.

「이른 아침과 소나무와의 관계」는 '시적詩的'이라는 표현에 넉넉하게 부합하는 시이다. 이창하는 여기에서 사유의 파동, 연상의 댄스를 리드미컬하게 보여준다. '소나무'라는 평범한 사물이 '파도(물결)'와 '고래 한 마리'라는 낯선 대상들로 연결되고 마침내 '나'에 도달하는 역동적인 흐름은 삶이라는 이름의 신비를 아름답게 실현하는 '나비효과'가 아닐 수 없다. 「사진으로 만나다」 또한 미학적인 효과가 뛰어난 아름다운 시이다. 울창한 숲에서 삼림욕을 즐기는 것과 유사한 효과를 낳을 수 있는 작품이기에 심신의 안정을 원하는 이가 있다면 놓쳐서는 안 되겠다. 삶과 죽음이 악수하고 자연과 인간이 소통하는 무대를 조성함으로써 시인은 '미美'로 충만한 시적 전환을 실천한다.

이창하의 시를 읽는다는 것은 삶의 모든 변화를 받아들이는 일과 다르지 않을지도 모른다. 변화는 '있음'과 '없음' 사이에서 진동하고, '우연'과 '필연' 사이에서 벌어지며, '왼쪽'과 '오른쪽' 사이에 위치하는 어떤 흐름일 테다. 삶을 대조적인 양극 사이에서의 선택으로 이해하는 이들도 있겠지만 우리는 삶을 자연스러운 흐름으로 이해하고 싶다. 이창하의 시가 그러하듯이 삶은 멈출 수 없는 사랑이고 거부할 수 없는 운명이다.